UN DÉJEUNER

A LA CAMPAGNE

BOUTADE HISTORIQUE

PAR UN CONVIVE INDISPOSÉ

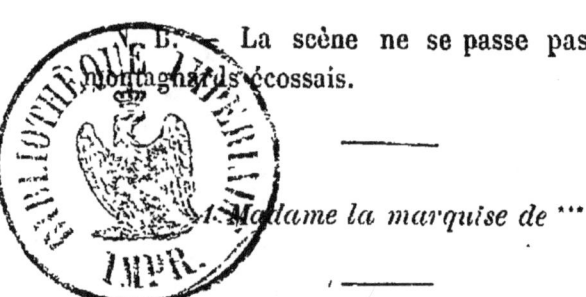

N. B. — La scène ne se passe pas chez les montagnards écossais.

*A. Madame la marquise de ***

Bien que se passant chez un comte
Le fait pourtant n'est pas un conte.
— Supposons qu'en un beau château
(Celui-ci n'est pas en Espagne
Et moins encore en Allemagne,
Mais au fond des Vosges plutôt)
Pour déjeûner je me présente
Avec des gens très-comme il faut,
D'humeur charmante et sans défaut,
(Compiègne en compte ainsi cinquaute)
A la douzième heure sonnante...
(C'est l'heure où notre chatelain
D'ordinaire se met à table...)
Pour lui quelle surprise aimable !
— Après avoir fait le matin
Pour venir beaucoup de chemin
Chacun de nous mourait de faim,
Surtout le sexe masculin.
Appétit n'est pas *féminin*.

— Le comte dort. (Or on sait comme
En sursaut se réveille un homme :
C'est toujours de mauvaise humeur.)
Au bruit des chevaux il s'éveille
Bien moins sémillant que la veille ;
Il semble frappé de stupeur.
Le nez en l'air, à sa fenêtre,
On vient de le voir apparaître...
Il dit, en s'adressant à nous
D'un air rogue : « Dételez-vous? »
— Sans nul doute — que vous en semble ?
Lui répondons-nous tous ensemble.
— « Eh! bien ! fait-il, excusez-moi,
« Car pour vous recevoir, ma foi,
« Il faut que je me débarbouille.
« Promenez-vous en *m'attendant*
« *Sous l'orme*... là bas... un instant »
— Un chasseur qui revient *bredouille*
N'a pas certe un air plus piteux
Que celui des cinq malheureux
Dont l'estomac criait famine
Et qu'on *envoyait promener*
Quand ils voudraient tant déjeuner !
— Passe encore si de la cuisine
Quelque bonne odeur s'exhalait,
Pendant que monsieur s'habillait.
Non, rien de là ne leur venait ;
A vrai dire on s'en étonnait.
— Après la fin de sa toilette
Qui ne fut jamais si complète,
Depuis longtemps on soupirait....
Enfin le chatelain paraît !!!...
A certaine aimable comtesse
Il daigne faire les yeux doux
Et mainte et mainte politesse,
Mais sans lui parler plus qu'à nous
De déjeuner, je le confesse.
Il borne sa civilité
A nous offrir pour tout potage
Et pour nous creuser davantage
Une simple tasse de thé....
Au diable semblable *bonté*.
Refus à l'unanimité.
— Une autre idée originale
Que de citer je suis confus
Lui semble à l'abri d'un refus:
Pour assouvir notre fringale
D'un petit air il nous régale....
D'un air de quoi? me direz-vous.

D'un air d'orgue de barbarie
Qui nous met sens dessus-dessous ;
Nourrir de *son* la compagnie !!!
On n'en mange qu'à l'écurie.
— A bon droit remplis de courroux
Devant tant de sauvagerie,
Nous détalons fort prestement,
Sans risquer aucun compliment,
Ni le moindre remerciment,
Mais, en lui disant seulement :
Comte, votre orgue fait mervèille,
Par malheur, vous le savez bien
Les gens à jèun n'écoutent rien :
Ventre affamé n'a pas d'oreille.
— Dieu permit que tout près de là
Nous trouvâmes un tourne-bride.
En chœur on se dit : halte-là!
Le coffre du break n'est pas vide.
Le bon vivant qui nous conduit,
Type accompli de prévoyance,
Ne s'embarque pas sans biscuit.
Du coffre il tire en diligence
Un beau pâté de venaison,
Morceau tout-à-fait de saison.
Il comptait en vrai gentilhomme
Offrir au comte en arrivant
De quoi nous mettre sous la dent ;
Mais nous avons vu ci-devant
Qu'il aurait eu grand tort en somme,
De se priver d'un *en tout-cas*
Que l'autre ne méritait pas.
C'était pour la soif une pomme
Bonne à garder en vérité.
Ce fruit, en forme de pâte,
Dans la voiture était resté
Avec deux paniers d'un liquide
Inconnu dans le tourne-bride.
On en vida plus d'un flacon.
— Honneur à notre automédon!
S'il descend trop vite les côtes,
Du moins il reçoit bien ses hôtes
Et ne les nourrit pas de son.

De la Forêt Noire, le 18 novembre 1868.

Frédéric JUDEX.

Compiègne. — Imprimerie J. DELHAYE

A M. ET Mme ALFRED BESNIER,

LE JOUR DE LEUR MARIAGE.

Je vois avec plaisir que la charmante Claire
Aussi bien que ses sœurs a trouvé son affaire.
Fruit défendu.

———o—◎—o———

AIR : *C'est l'amour, l'amour,* etc.

C'est l'hymen, l'hymen, l'hymen
Qu'en ronde
Chante le monde.
Quand l'amour lui tend la main,
Chantons, chantons l'hymen.

Célibataire, on me demande
De chanter l'hymen et l'amour.
Un si beau sujet affriande
Un vieux garçon sur le retour...

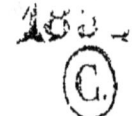

A l'abri du naufrage,
Retiré dans le port,
Chanter le mariage,
C'est un vrai coup du sort.
C'est l'hymen, etc.

La vie est dans le mariage
Un voyage qu'on fait à deux,
Monté sur un char qui s'engage
Trop souvent dans les chemins creux.
Le dieu malin le tire...
S'il prend le mors aux dents,
Ou bien s'il se retire,
Ah ! gare aux accidents !
C'est l'hymen, etc.

Dans notre siècle de négoce,
Bien rarement, comme aujourd'hui,
L'Amour veut être de la noce...
Aussi la noce a lieu sans lui.
Où ce dieu n'a que faire,
Il bâille, il meurt d'ennui,
Et quand on parle affaire,
Bientôt il s'est enfui !
C'est l'hymen, etc.

Si j'en croyais la jeune Elmire,
Prêchant la morale du jour,
Avec elle je devrais dire :
Dans le ménage, à bas l'amour !

Unir des cœurs fidèles
Et de tendres amans,
Ce sont là des ficelles
Bonnes dans les romans.
C'est l'hymen, etc.

Pour Alfred et l'aimable Claire
C'est par l'esprit, c'est par le cœur
Qu'ils ont d'abord voulu se plaire...
Quel doux présage de bonheur !
    Bonté, grâce, innocence,
    De Claire sont la dot;
    Talent, intelligence,
    Besnier, voilà ton lot.
C'est l'hymen, etc.

De médire qu'on se défie,
Même à l'encontre du veau d'or.
Très-belle est la philosophie,
Mais trop mal vêtue elle a tort.
    L'amour dans son bagage
    Peut avoir des écus.
    Un couple, s'il est sage,
    Ne crache pas dessus.
C'est l'hymen, etc.

Cher phénix, renais de ta cendre;
Si d'amour tu t'es consumé,
Tu n'as rien perdu pour attendre,
J'en crois celle qui t'a charmé.

Ton adorable femme
Te fit longtemps rêver ;
Tu lui peignais ta flamme :
Tu vas la lui prouver.
C'est l'hymen, etc.

Dans une extase peu commune
Qui te rapprochera du ciel,
Sois le Josué de la lune...
J'entends de la lune de miel.
　　Comblés par la fortune,
　　A jamais, dites-vous :
　　Deux âmes ne font qu'une
　　Entre de bons époux.

C'est l'hymen, l'hymen, l'hymen,
　　　Qu'en ronde
　　Chante le monde.
Quand l'amour lui tend la main,
Chantons, chantons l'hymen.

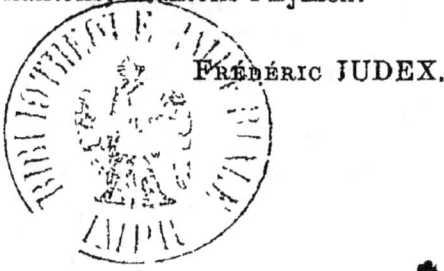

　　　　　　Frédéric JUDEX.

PARIS. — BONAVENTURE ET DUCESSOIS, 55, QUAI DES AUGUSTINS.

LES DANSES TOURNANTES.

COUPLETS DE CIRCONSTANCE.

AIR : *C'est l'amour.*

Tournons, tournons tous les jours
    A la ronde,
   Ainsi fait le monde.
Moquons-nous des sots discours ;
   Tournons , tournons toujours.

I

A l'endroit des danses tournantes ,
J'entends des bégueules tonner ;
Mais, bonnes âmes ignorantes ,
Pourquoi donc ainsi fulminer ?
    Notre machine est ronde ,
    Dieu la fit pour tourner.
    Tout tourne dans le monde
    Sans pour ça se damner.
Tournons, tournons tous les jours
    A la ronde,
   Ainsi fait le monde.
Moquons-nous des sots discours ;
   Tournons, tournons toujours.

II

Autour des cieux tourne Delambre ;
Autour du globe le marin ;
Le rêveur autour de sa chambre ;
La justice autour du coquin.

C.

Ici tourne la boule ;
Et là tourne le vent ;
Et tout le monde en foule
Tourne autour de l'argent.

Tournons, etc.

III

Attaquez les tables tournantes
Travaillant dans un petit coin ;
Et surtout les tables parlantes,
Car c'est bête à manger du foin.
    Le diable d'ordinaire,
    Qui passe pour si fin,
    N'a rien en cette affaire,
    Rien de l'esprit malin.

Tournons, etc.

IV

Valseurs, c'est en vain qu'on vous fronde !
Tourner et se bien retourner,
Voilà le mot de ce bas monde ;
Nul ne songe à s'en étonner.
    Sans parler des poëtes,
    L'exemple vient de haut.
    Voyez les girouettes,
    Et les gens comme il faut.

Tournons, etc.

V

Chacun connaît un saint évêque,
Que les Picards admirent tous,
Cent fois digne d'être archevêque,
Qui ne tonne pas contre vous ;
    Et les danses tournantes
    Qu'on recherche en ces lieux,
    Etant toujours décentes,
    Le saint ferme les yeux...

Tournons, etc.

VI

En fait de valse ou bien de danse,
Vit-on jamais rien de pareil
A l'éternelle contredanse
De la lune autour du soleil?
  Cet astre qui nous aime,
  Nous imite, dit-on,
  Et tourne sur lui-même
  Comme fait un tonton.

Tournons, etc.

VII

De la terre le satellite
Dans les cieux la suit pas à pas ;
La lune autour de nous gravite,
Pour Dieu ! ne nous en fâchons pas.
  C'est ainsi qu'elle éclaire
  (Elle éclaire trop peu)
  Notre petite sphère,
  Qui n'y voit que du feu.

Tournons, etc.

VIII

Dans l'univers, vaste machine,
Sur un geste du Roi des Cieux,
Étoiles, soleil, tout s'incline,
Formant un chœur harmonieux.
  Sous la loi qui les presse
  Ces astres asservis
  Tournent, tournent sans cesse
  L'un par l'autre suivis.

Tournons, etc.

IX

Si le démon, plein de malices,
Sans fin tourne autour du pécheur,
Pour déjouer ses artifices
Tournons autour du *bon pasteur*.

N'importe comme on danse,
Lorsque l'on a du cœur,
Toujours la Providence
Tourne autour du malheur.
Tournons, etc.

X

Vous tous qui, pour la bonne cause
Avez vaillamment combattu,
Grâce à vous, sans que l'on en glose,
Sous nos yeux valse la vertu.
  Sur cette triste histoire
  Tirons d'épais rideaux,
  Puis, en chantant victoire,
  Aux sots tournons le dos.
Tournons, etc.

XI

De douleur et de honte folle,
En présence d'affreux coquins,
Tu cherchais, France, une boussole :
Tu trouvais des républicains...
  Aujourd'hui l'espérance
  Renaît dans notre cœur ;
  On voit tourner la France
  Autour de l'Empereur.

Tournons, tournons tous les jours
  A la ronde,
  Ainsi fait le monde.
Moquons-nous des sots discours ;
  Tournons, tournons toujours.

FRÉDÉRIC JUDEX.

Paris, 4 février 1858.

Imprimerie de W. REMQUET et Cie, rue Garancière, n. 5

www.ingramcontent.com/pod-product-compliance
Lightning Source LLC
Chambersburg PA
CBHW061438170626
46811CB00005B/2309